Amiral Byrd
ou
Soleil blanc

Élysabeth Valencic

Amiral Byrd
ou
Soleil blanc

© Lys Bleu Éditions – Élysabeth Valencic

ISBN : 979-10-377-9130-6

Le code de la propriété intellectuelle n'autorisant aux termes des paragraphes 2 et 3 de l'article L.122-5, d'une part, que les copies ou reproductions strictement réservées à l'usage privé du copiste et non destinées à une utilisation collective et, d'autre part, sous réserve du nom de l'auteur et de la source, que les analyses et les courtes citations justifiées par le caractère critique, polémique, pédagogique, scientifique ou d'information, toute représentation ou reproduction intégrale ou partielle, faite sans le consentement de l'auteur ou de ses ayants droit ou ayants cause, est illicite (article L.122-4). Cette représentation ou reproduction, par quelque procédé que ce soit, constituerait donc une contrefaçon sanctionnée par les articles L.335-2 et suivants du Code de la propriété intellectuelle.

Étonnante rencontre

1929

Une courte projection dans de nombreux cinémas des États-Unis
du livre d'Alec Maclellan, *The Hollow Earth Enigma*

Reportage des actualités filmées,
aujourd'hui, passé sous silence malgré les centaines de témoins ;
l'Amiral Byrd y décrit un paysage inconnu du pôle Sud –
de sa voix, il raconte son incroyable découverte !
Aujourd'hui, ce reportage semble n'avoir jamais existé !

Sur toute Terre, un mystère plane…
tant de lieux encore à découvrir

Le mont Shasta est aussi un centre vortex ;
ses vibrations au cœur de la terre
Sacrée, immuable
lieu d'étranges ballets de lumières !
Nuages concentriques,
aurores boréales, rosées de Californie

Paysages inconnus à découvrir
Machu pichu, île de Pâques, Mont Uluru, Nazca

Cachés sous la Terre !

préservant des secrets trop importants
pour l'humanité aveugle, artificielle

Aller plus haut, plus loin,
revivre la connaissance disparue
hors du matérialisme
Roi de Patagonie, **ANTOINE DE TOUNENS**
sur les traces de Simon Bolivar,
Réalités de tous ces êtres fabuleux mis en retrait
occultés par des gouvernants aveugles
Personnages légendaires qui ne sont pas des légendes :

Des êtres fabuleux existent !

1924

Richard Byrd prend le commandement d'une Expédition
à l'ouest du Groenland

Pilote d'avion pour une mission dans le Grand Nord –
premier à voler au-dessus du Pôle Nord dans un monoplace :

Il s'envole de King's Bay :

Il témoigne :

« Des contrées inconnues droit devant nous ;
Proche du Pôle, le temps et la direction sont sens dessus dessous ;

Au lieu de l'étendue de glace ; Début d'une eau vert-bleu

Paysage de montagnes au loin »
l'Amiral devient un héros national :

Des navigateurs mentionnent aussi ces paysages de mer
sans iceberg
débouchant sur une terre inconnue…

Il prépare une autre expédition aux confins de la terre, aidé de puissantes donations après son exploit.

Sa nouvelle base « little America » en mer de Ross ;

1929

Il fait sa découverte
étonnante :

« le Pôle Sud est un endroit déroutant ;

Point imaginaire d'où émergent tous les méridiens,

les directions connues changent

Ne veulent plus rien dire ?

Le voyageur dans le sens du nord ou
du sud ne pourra pas avancer en ligne droite

Il devra rétablir chaque minute sa direction d'origine ;

suivre une route en spirale… »

Que dirait l'Amiral des actuelles ondes Harp intrusives

Implantées en Antarctique ?

Manipulation des fréquences ?

Expériences inutiles pour détruire la Nature-Mère ?

1933

Little America :

Il y passe 5 mois – seul dans une hutte ;

en Observatoire de météorologie,
Températures extrêmes -60 degrés !

Rapatrié d'urgence, Byrd est
sauvé d'une mort certaine ;

Après la Seconde Guerre mondiale,

chargé de l'opération Hight Jump

Il doit poursuivre le tracé des cartes du pôle,
mais surtout vérifier TOP SECRET
si les dangereux nazis y « stationnent »

Latitudes mystérieuses ;

Danger – à neutraliser

Top secret ?

« Matin des Magiciens »,
Cher lecteur,
Trouvons la piste ;

Jacques Bergier, discret, éclaire sur l'Histoire occulte

De l'Humanité…

Ensuite nouvelle mission pour Richard B.
l'Arctique ;

« J'aimerais voir ce pays derrière le Pôle,
le centre du Grand Inconnu »

Il ne parle pas de cet exploit,
lui qui aime tant partager ses voyages ;

19 février 1947

À partir de ce vol, son attitude change :
Aucune information ne filtre ?

Le grand secret

le Pentagone confisque son carnet de vol
Secret militaire ?

Interdit de partager son aventure avec le public ;

Fin des années 1990

50 ans après
ressurgit son carnet de vol !

Extrait de son Journal :

« Je dois écrire ce journal en secret,

Vol du 19 février 47 :

Voici le temps où la rationalité de l'Homme doit se flétrir et

Accepter l'inévitable Vérité ;

Je ne suis pas libre de vous la dévoiler ;

Elle ne verra jamais le jour pour un public trop rigoureux.

Je dois faire mon devoir envers toute personne qui me lira :

La cupide exploitation de certains ne pourra plus dissimuler la Vérité. »

Témoignage de Richard B :

« les préparatifs sont réalisés pour un vol en direction du Nord ;
Nous décollons avec le plein de carburant ;
Vérification avec le sextant à bulles

Vérification avec
boussole solaire ;

Contact radio OK

et réception camp de base OK :

Altitude de 2321 pieds ; correction à 1700 pieds ;

Vaste glace et neige en dessous ;

Note une couleur jaune ?

Déviation du vol pour examiner cette couleur ;

Autre couleur rouge violet aussi :

Nous faisons des cercles autour de la région,

Retour vers notre orientation première ;

Contrôle position avec la Base ;
Transmissions des couleurs de la glace à la radio ;

Turbulence légère à l'avant puis vers l'arrière : le vent ;

Soudain, les boussoles tournoient dans tous les sens ;
Impossible de garder la route ;

Position retrouvée enfin par le soleil ;

Tout semble aller mieux

Les commandes réagissent lentement.

Aucune présence de glace.

30 min après : des montagnes jamais vues auparavant.

Nouvelle turbulence à 2900 pieds !
Une vallée et un fleuve ?

Une vallée verte, ici ?

Nous devrions survoler un paysage de glace ;

À bâbord, de grandes forêts au versant de la montagne ;

Nos instruments tournent comme des toupies :
le gyroscope oscille d'arrière en avant.

Je modifie mon altitude à 1400 pieds ;
vire à gauche pour examiner la vallée :

Paysage très vert avec de la mousse
herbe très dense,

La lumière est différente ici :

Je ne vois plus le soleil ;

Nous tournons vers la gauche :

Un gros animal ?

Un éléphant ?

Je diminue l'altitude de 1000 pieds

Je prends mes jumelles et je confirme :

Un mammouth ?

INCROYABLE !

Rencontrons d'autres collines vertes ;

Température extérieure :
74 Fahrenheit, 23 degrés C.

Poursuivons notre route ; boussoles normales ;

Je suis perplexe devant leur bon fonctionnement !

Je contacte la Base : pas de radio ?

Le niveau du paysage plus haut que la normale,
Droit devant :

Percevons ce qui ressemble à une cité.
C'est impossible ?

L'avion est léger et flotte curieusement

Les commandes refusent de répondre.

À bâbord et tribord d'étranges appareils se rapprochent de nous ;

Disques resplendissants :

Je peux voir des insignes ; une sorte de svatiska :
Incroyable. Où sommes-nous ?

Nous sommes comme dans un étau.

Les commandes refusent toujours d'obéir.
Notre radio grésille :

une voix aux accents allemands ou anglais :

« Bienvenue dans notre domaine Amiral
Nous vous posons dans 7 min ;
Vous êtes en mains sûres ;
Relaxez-vous. »

Nos moteurs sont arrêtés ;

l'avion est comme sous emprise,
vire tout seul
Descend.
Vibre comme sur un monte-charge non visible !

Nous nous posons avec seulement une petite secousse ;

Plusieurs hommes grands avec des cheveux blonds s'approchent :
Au loin, une cité miroite les couleurs de l'arc-en-ciel :

Je ne sais pas ce qu'il va se passer maintenant ;

Nos hôtes ne portent pas d'armes sur eux ;

Une voix me commande d'ouvrir la porte ;
J'exécute ;

Fin du carnet de Vol »

Carnet de vol muet sur la suite.

Dans son journal personnel, Byrd écrit, de mémoire, la suite de sa rencontre extraordinaire !

Pourquoi le refus d'accepter le témoignage de l'Amiral ?

Pourquoi tant de doutes sur les détails de svatiska et des disques ?
Quel sens symbolique ?

Ressemblance aux croix gammées ?

Est-ce une sva ? Ou une sau… vatiska ?

Vu le silence imposé à Byrd !

Étrange accent de ces êtres blonds ?
Lémuriens ? Atlantes ?

Confusion des esprits ? dû aux Traumatismes des désastres
des guerres mondiales !

Fidèles de l'Agartha – Terre creuse
perplexe devant les intraterrestres parlant
certains mots en allemand ?

Les choses sont verrouillées par la suite !

Irrespect pour un être hors du commun,
contacté par une civilisation évoluée !

Ici, malentendus
sur la svatiska,
signe sanskrit sacré de bienveillance
équivalent à – estos en grec :

la mythologie ancienne et les Hopis utilisent ce signe comme Roue du temps
Symbole de la Grande Ourse par ses 4 directions.

Symbole de Fraternité

Et non de barbarie nazie !

Ce signe sacré des Anciens a été détourné de son vrai sens ;

Lors d'un voyage, le vil Hitler
plein de fausse supériorité mystique

a été prévenu par des moines tibétains
– que mal utilisé-ce signe sacré se retourne contre lui,

On retrouve ce symbole – fraternel – dans tous les pays du monde
Portugal ; Afrique, Europe, Amérique, Israël, etc.

La croix gammée nazie tourne dans le sens des aiguilles d'une montre !
Usurpée et inversée par ces incultes !

Par contre, à l'inverse des aiguilles d'une montre tourne la vraie svatiska sacrée de la Fraternité ! la SAUVATISKA comme le triskel tourne à l'inverse des aiguilles de montre

Nous pouvons poser cette question – depuis longtemps –

Le 3e Reich et ses ignobles barbares ont-ils rencontré des êtres évolués ?
Ont-ils menti, pour s'approprier leurs connaissances AFIN DE prendre le pouvoir !

Bassesse loin de l'esprit
des Êtres Hautement Évolués ou E.T ?

La question ?

Erreur des E.T ?

Comment ont-ils pu donner leurs secrets électromagnétiques ?

Seule logique pour faire avancer l'Humanité !

Science avancée… entre les mains de criminels aux buts d'extermination humaine !

Comment imaginer le pire pour des êtres évolués de millénaires en avance ?

vitesse de la lumière, face au frère humain à 4 pattes le faire évoluer de son marécage

Maître à esclaves !
« Tuer l'autre pour survivre » !

inimaginable pour des Évolués venus d'une autre galaxie :

Se seraient-ils imaginé une mauvaise utilisation de leurs sciences ?

à des fins criminelles ?

Grands esprits logiques, consciences

galactiques

Êtres Hautement Spirituels
E. H. S. trahis par le pire MENSONGE : inimaginable trahison pour un esprit évolué !
Comment alors faire confiance à ceux qui sont restés des humains innocents
Énigme

Suite du journal

« À partir de maintenant, j'écris tous les évènements de mémoire :

L'opérateur radio et moi approchons de l'appareil ;
Montons sur une plate-forme sans roues
qui nous conduit rapidement vers la cité scintillante.

La cité construite comme en cristal ;

Cordialement accueillis avec un breuvage délicieux inconnu ;

Nos hôtes merveilleux me demandent de les suivre
Je quitte mon opérateur ;
dans un ascenseur ;

La porte s'ouvre silencieusement ;
Long couloir vers le bas,
Une lumière rose émane des murs :

Un de mes hôtes me parle

« N'ayez crainte Amiral, vous allez avoir une audience
avec le Maître. »

Je marche vers l'intérieur ; mes yeux contemplent la belle couleur de la salle ;
Je commence à voir autour :
Mes yeux accueillent le plus beau spectacle de mon existence ;
Merveilleux à décrire !

Pas de mots humains pour le décrire ;

Une voix riche et mélodieuse me souhaite

« Bienvenue en notre domaine Amiral. »

Je vois un homme avec des traits délicats :

Il m'invite à m'asseoir ;

« Amiral ;nous vous avons permis d'entrer ici,
car vous êtes de caractère noble

connu dans le monde de la Surface »

Le monde de la Surface

J'en eus le souffle coupé

« vous êtes dans le domaine des Arianis,
Le monde intérieur de la Terre
Nous ne retarderons pas votre mission
vous serez escorté vers la surface

Je vais vous dire pourquoi vous êtes ici

Notre intérêt commence lors des explosions atomiques

de Hiroshima et Nagasaki, au Japon :

À cette période alarmante, nous avons envoyé nos "Roues Ailées" à la surface pour voir ce que votre race a fait ;

Nous n'intervenions pas avant dans vos guerres

et vos barbaries, mais maintenant, nous le DEVONS, car votre race a appris
à manipuler un certain pouvoir qui ne revient pas aux humains ;
l'Énergie atomique !

Nos émissaires ont délivré des messages aux puissances de ce monde :
Elles n'en tiennent pas compte !

Vous êtes choisi Amiral afin d'attester que notre Monde existe ;

Notre culture et notre Science
sont en avance sur plusieurs milliers d'années sur celles de votre race ;

Elle a atteint le point de non-retour ;
Certains de votre monde
pourraient tout détruire plutôt que de vouloir abandonner un prétendu pouvoir

En 1945 et par la suite, nous avons contacté votre race

Nos efforts n'ont rencontré qu'hostilités, nos vaisseaux mitraillés ;
avec animosité par vos avions de combat !

Je vous le dis, mon fils ; un grand orage se concentre sur votre monde ;

Une fureur noire qui subsistera durant des années ;
Aucune possibilité de réponses de la part des Armées
Aucune protection de votre science ;

Fureur qui fera rage :

Chaque fleur de votre culture piétinée
et toutes choses humaines dans un vaste chaos ;
Votre récente guerre n'était qu'un prélude de ce qui doit advenir de votre race

Période sombre comme un voile recouvrant la Terre

Une partie de votre peuple traversera cet orage
au-delà
de ce que je ne peux exprimer ;

Un nouveau monde sortira des ruines de votre race ;

Il cherchera ses trésors perdus légendaires

Ils seront ici grâce à notre sauvegarde ;

Quand ce temps arrivera,

Nous viendrons aider votre culture et votre race à revivre ;

Peut-être, alors vous aurez appris la futilité de la guerre et ses conflits :

Certains points de Culture et de Science apparaîtront de nouveau ;

Vous devez retrouver le Monde de la Surface pour lui confier ce Message »

Avec ces dernières paroles, je reste comme dans un rêve

mais c'est la réalité :

Pour une raison étrange,

Je le saluai avec respect ou humilité.
Visage délicat et souriant du maître ;
Une paix m'envahit

Je me retrouvai prés de mon opérateur,
escortés par mes hôtes magnifiques :

Nous retrouvons notre avion ;

Une force invisible le soulève comme à l'aller ;
2 appareils nous escortent pendant un moment ;
Un dernier message radio

« Nous vous quittons Amiral, vos appareils de contrôle sont libres »

L'avion plonge comme dans un trou d'air ;
Nous reprenons le cap ;
Nous ne parlons pas ;

Nous retrouvons les étendues de glace ;

Nous sommes à 27 min de la base

Contact Radio facile
et soulagement de la Base pour le rétablissement des contacts ;

Tout est normal ;
nous atterrissons
Nous les rassurons…

J'ai une mission »

La suite des aventures peut se lire dans son journal personnel.

Le Pentagone

Mars 1947

« Je viens juste d'assister à une réunion avec le haut personnel
au Pentagone ; j'ai fait le compte rendu complet de ma découverte
et transmis le message du maître ;
Enregistré, mon témoignage :

Je suis retenu durant 6 heures,
interrogé par des forces hostiles et une équipe médicale :
Un supplice :

Je suis mis sous contrôle strict de l'International Security Provisions of USA
Ordre de garder le silence

Interdit de parler de ma Découverte » ;

Rappel de l'état militaire
et obéissance aux ordres.

1955

Ordre de poursuivre son relevé topographique au Pôle Sud :

Byrd malgré le secret militaire dit à la presse

C'est la plus importante expédition de l'histoire mondiale.

On retrouve des journaux ;

Des membres d'une expédition américaine
ont fait un vol de 4320 km

(2700 miles) de leur Base de Mac Curdo sound,
à 640 km (400 miles) l'Ouest du Pôle Sud :

Dans un Territoire de 2300 miles (3680 km)
Au-delà du Pôle !

Si nous vérifions sur une carte de l'Antarctique,

Impossible de traverser

Une distance de 3680 km

Dans n'importe quelle direction.

Sans se retrouver les pieds dans la mer…

Ou rentrer au centre de la Terre !

À son retour, Byrd dit à la Presse

« L'Expédition actuelle ouvre de Nouveaux Territoires,

Un Continent Merveilleux,

le Pays du Secret Éternel »

Le pays du secret éternel

« J'ai tenu cette affaire secrète
contre mes valeurs morales.

Ce secret ne mourra pas avec moi :
La vérité triomphera,

J'ai fait mon devoir envers la monstrueuse industrie militaire :

La longue nuit de l'Arctique prend fin maintenant,

La lueur du soleil brillera une nouvelle fois ;

Ceux qui inspirent les ténèbres : tomberont ;

Ceux pour qui j'ai vu le pays derrière les pôles,
le Centre du Grand Inconnu ;

« On peut tromper tout le monde pendant un certain temps, mais pas Éternellement. »
Abraham Lincoln

***

Légendes et réalités

Les Sumériens

– **l'a b z u** est la demeure du monde souterrain de la planète terrestre ;
Le sage serpent de la Création y créa l'Humanité avec plusieurs sages-femmes ;

Traditions des Indiens Hopis

« Nous avons été créées dans le Monde Souterrain par le Grand Esprit Créateur :
Égaux, en paix
vivant de manières spirituelles,
là où la Vie est éternelle »

Anciennes Traditions Aztèques
Les Maîtres de la Terre habitent le royaume qui soutient la Terre ;
Une immense Grotte avec montagnes, fleuves, lacs :
Tlelocan est ce Lieu ;
l'**Apan** est sa partie Orientale, où naissent les Eaux du Monde ;
La **Déesse Mère** s'y trouve ;

Elle-même étant Embryon et aussi Être Multiple
de toutes les sages-femmes.

Cet Espace rempli d'eau sous la terre
se nomme

« Le Royaume de la Lumière Dorée »

où la musique résonne sans cesse,

Dans une abondance de champs et de jardins ;

***

Edmond Halley, Mathématicien anglais, explique
dans une de ses œuvres assez méconnue
que les Aurores Polaires sont le Reflet de la Lumière
éclairant le Monde Souterrain ;
Fabuleuse Recherche passée sous silence !

Ses Travaux Scientifiques sur ce thème secret
ne sont pas mis en avant ?

On se souvient de nos jours, de l'Astronome ;
sa comète :
son nom nous parle !

mais pas des Travaux si précis du Philosophe
qui travailla

sur les Variations Magnétiques des Pôles,

La Terre creuse et des Aurores Polaires !

« The Philosophical Transactions of the Royal Society of London »
a publié ses travaux

Après Halley, voici **John Cleves Symmes :**
en 1818 veut alerter le monde entier

Sa conviction de la Terre creuse, formée de plusieurs sphères,
habitée en son centre :

Inspiré des travaux de Sir Edmond Halley

il écrit dans une lettre :

To all the world

– Light gives light to light discover ad infinitum –

Il veut passer sa vie à trouver les preuves de cette réalité ;

Hélas il est raillé ; ce combat est épuisant malgré son livre « Theory of Concentric Spheres ».

Et l'aide financière d'un député pour une expédition jamais réalisée !

La théorie de Symmes ne disparaît pas ;

Reynold prend la suite, contacte l'US Navy pour convaincre le président Quincy Adams :

Une expédition désastreuse,
Fin octobre 1829 ; aucune ouverture à la théorie de Symmes !

***

La même année, **des pêcheurs** partent de la Suède vers le détroit du Danemark
Norvège, les îles Lofoten,
Arrêt pour pêcher à Wijade Bay parmi les icebergs.

Puis direction des côtes de Franz Josef ;

un vent glacé les dirige vers l'Ouest.

En rebroussant chemin, ils se retrouvent face à une contrée verdoyante,

Vent et mer calmes.

Ils y pêchent quelques jours : Eau sans iceberg ;

Soudain plus loin, une brume étrange et une mer agitée

fait tanguer le bateau ; provisions perdues.

Devant eux l'horizon : Un 2e Soleil ?

Surpris, ils pensent au mirage ;

Plus ils avancent,

Plus ce soleil est devant eux

Rouge cuivré

Nuances brumeuses parfois

les pêcheurs le baptisent :

« Le Dieu Brumeux »

The smocking God

Olaf et Jens pensent que le pôle Nord est loin derrière, mais la boussole pointe droit devant le Nord ?

Ils constatent que l'eau est douce :

le soleil « Dieu Brumeux » monte au zénith

Mais que le soleil du début se retire au Sud-Est ?

Accostage sur une terre verdoyante,

Croyant aux Ancêtres,
ils remercient les Dieux Odin et Thor ;

Climat Subtropical et Démesuré. **Terra Incognita** ;

Depuis 5 mois, ils ont quitté Stockholm ?
Selon leur calcul ?

Leur exploration est interrompue par une embarcation avec des hommes très grands ;
Ils sont conduits à une cité nommée *Jehu*

Ces géants sont agriculteurs ; Luxuriantes végétations de fruits et légumes ;

Constructeurs : de belles habitations et de temples !

Les 2 pêcheurs y vivent une année

Logent chez des gens d'une grande bonté

Ils apprennent la langue,

semblable au sanskrit, selon Olaf

Ils rencontrent le haut souverain
dans la Cité d'Eden, vallée surplombant

Le pays : un immense jardin avec
4 fleuves, dont l'Euphrate ;

Ils veulent rentrer en Suède

Demandent autorisation de faire
une reconnaissance des lieux
pour y revenir une autre fois.

Ils découvrent la musique partout
des chœurs immenses créant
de sublimes symphonies ;
Des êtres vivant plus de 600 ans

Principale vocation : En plus de l'Agriculture, l'Architecture :
Don de transmission de pensées

Retour en décembre vers la Suède,
Ils vont vers le Pôle Sud
pour éviter la nuit du Nord

Olaf et son père font face à une – tempête comme à l'aller

– Contact air chaud/air froid –

Accident parmi les icebergs : Olaf perd son père ;

Seul Rescapé, il est sauvé par le Arlington
bateau écossais.

Il parle de son aventure :
Le commandant le fait enfermer
sous surveillance du médecin de bord

Olaf se retrouve seul avec un unique oncle auquel il se confie ;
Pour financer une expédition et retourner dans ce monde inconnu

53

Gustav Osterlind le fait enfermer
Interné durant 28 ans !

Il en sort en 1862

L'oncle n'est plus vivant, Olaf seul et sans amis.

Travaille comme pêcheur durant plus de 20 ans.

Ne parle plus de son aventure à personne ;

Il vend son bateau
Va en Amérique du Nord
Illinois puis Los Angeles en 1901

Il se fait un ami de son voisin, novelliste
Georges Andersen, se risquant à lui raconter son histoire !

Passionné, il fait imprimer le texte intégral de Jansen, donné à son éditeur Forbes & Cie :

Titre : The Smoky God

or A Voyage to the Inner World

Publié en 1908

Olaf Jansen meurt peu après ;

Des critiques violentes accueillent son livre !

Un des pionniers de la Terre creuse

Que beaucoup de chercheurs étudieront en confirmant ses descriptions ;

D'autres magazines démoliront son récit

Étonnant : le Gouvernement Américain se procure pourtant des exemplaires :

Des Expéditions au long des années font

Les mêmes détails troublants.

Conformes au Récit du Pêcheur ;

1860

Charles Hall vit chez les **Inuits** :

« le Grand Nord est plus chaud que prévu,

ni Neige ni Glace »

1869
Isaac Hayes explore

Ellesmere et Grinnel au Groenland

78 Latitude Nord « Vu papillon jaune, moustique, abeilles, araignées »

Des Légendes Esquimaux

nous content l'Intérieur de la Terre

du Pôle Nord :

Pays des Ancêtres,
décrivent dans leur tradition orale

un Pays majestueux
baigné d'une Lumière Perpétuelle
Sans Nuit

Animaux Tropicaux,
Oiseaux Multicolores

Pays de l'Éternelle Jeunesse :

Les gens ne meurent jamais.

***

Paul Emile Victor rapporte un chant Esquimau de veillées

« ils sont Grands, Terribles, les Hommes de l'Intérieur »

1833 – 1855

Exploration par Dr E. Kane : « brumes

et brouillards en Hiver confirment

qu'il doit y avoir un Océan »
Cmdt R. Mac Clure trouve des troncs d'arbre

charriés par les glaciers du Pôle N.

1861 – 1930

L'Explorateur **F. Nansen** :

« Devant nous, toujours ce ciel sombre, annonce de la Pleine Mer »

« Chez nous, en Norvège, personne ne croirait
que nous voguions

en Pleine Mer vers le Pôle »

Été 1894

Il écrit : « des traces de renards »

« Climat très doux
Trop
chaud pour dormir »

Migration de nombreux oiseaux qui vont vers le nord, passant l'hiver

Où ? Allant vers le Sud en Été ; Inexpliqué ?

Après le 83e parallèle Nord :

Pas d'iceberg : Mer calme, Eau douce
et Climat doux !

La neige multicolore témoigne des explorateurs,

trouvent trace de pollen de fleurs inconnues,
après analyse d'échantillon

Les magiques Aurores polaires

Phénomène unique aux Pôles

Sont-elles comme le pense Halley

Reflets de la Lumière par le Soleil intérieur ?

Des photos d'Aurores Polaires sur Jupiter Mars
et Saturne

par la Nasa – prouvent cette explication !

Vers 1900

Des Livres sur ce Thème

1906

The Phantom of the Poles

du géographe **William Reed**
le premier livre important
sur les Explorateurs Polaires

explique que les pôles n'existent pas sur la terre ferme :

Comme Olaf le Pêcheur et selon divers récits
il estime que la Terre

doit s'incurver à partir de 70 degrés environ
des Latitudes N. et S :

Les Explorateurs se sont aventurés sur les
Extrémités des
Ouvertures de la Terre sans le savoir

1913

A Journey to the Earth Interior

or Have the Poles Really Been Discovered

de **Marshall Gardner** ;

Gros Tirage avec Illustrations et Diagrammes !

Comme Symmes, il veut alerter le Monde Entier :

Envois de livres au Congrès,
aux Personnes Influentes ;

Seul **Arthur Conan Doyle**
lui répond :

Journaux et Presse Américaine dénigrent son travail comme pour Symmes !

***

1947

Les vils nazis font des Expéditions Polaires durant la
Seconde Guerre mondiale

Information occultée au public
qui résonne en nous comme le mystère de Roswell

Zone 51 TOP SECRET

Enfin Renouer
avec la Vérité de l'Humanité :

La vraie Connaissance,
La seule Noblesse
Le plus Beau Travail de l'Humain
Conscient de sa Valeur Spirituelle :

Ne plus occulter les facettes innombrables
des Mystères

Merci Olaf Jansen,
Merci Amiral Byrd,
Merci Bateaux Perdus,

Merci « Dieu Brumeux »

Pôle Nord

À Hubert Reeves

j'ai parcouru des kilomètres sans fin dans des contrées de l'Antarctique

Des ours polaires étaient mes gardiens
j'avais découvert dans des galeries de Glaces
les trésors cachés par les pirates des mers froides

Pour m'occuper, je sculptais les icebergs si proches de mes terres
en de merveilleuses amphores géantes et délicates statues

Parfois, je plongeais pour visiter les récifs de stalactites
Des profondeurs inconnues, je contemplais les carcasses de bateaux échoués

Des sextants que je ramenais me conduisaient dans des lieux inexplorés,
Je sombrais alors.
Dans des rivières rousses aux odeurs alcalines

Leur roulis d'acier m'emportait vers les espaces oubliés
du sombre univers
et
Blanches Glaces Arctiques

J'y admirais la végétation multicolore de ces îles.
Mais un jour revenant de mes exploits,
je vis mes immenses amphores dériver

La terre polaire s'enfonçait sous l'océan, devant mes yeux.

Sur mon bateau, j'étais sauvée,
Autour de la coque, des milliers de fleurs
dansaient sur les flancs d'une mer sans nom.

Je ne vis plus jamais aucune terre pendant un siècle,

Là ou jadis existait le Pôle Nord

(Extrait de la *Bohème Royale*
– Éditions Arcam)

Un de mes poèmes dédié à Hubert Reeves :
Peut-être ? ce mystérieux continent ?

Agartha ?

Terre intérieure ?

Sans le savoir, je touchai peut-être
au Domaine de la Connaissance cachée
Occultée aux communs des mortels

Le Poète ronronne en Nous ; Réveillons-le doucement !
« Ce n'est qu'un long Revoir mes Frères et Sœurs de Lumière »

Le Soleil miroite le Soleil Brumeux ?
La Nef miroite une autre Nef invisible ?

La Nuit de ce siècle va enfin pouvoir s'ancrer
à l'Éternelle Lumière Rosée

Éclatante de ses aurores boréales ;

L'Âge d'OR

– sa paix tant attendue –

Allons donc ; en Terre de Poésie ?

– **Poème 1**

Ciel
À C-A. Rousseau

ATLANTES
l'Âge du Cristal soupire
le Christ
Règne du Pur
Absolu Idéal
et Rien
Reflet du Cristal sur notre matière brute

Bonne Fée transforme en OR
mes idées noires
Réinvente me dis-je

Alors j'avance Pure
Libre comme Toi Ô Ciel
Ô mon Ciel

– **Poème2**

Villa Medicis

À J et B Vay

Lumières feux sur les touches du piano
Un vent violent déferle

Tempête villa Medicis
La météo n'avait pas prévu !
Une telle Avance et Dextérité
Les doigts du musicien libre et heureux !
Virtuose

Autour les cœurs des petits Débutants

ont cette même
Passion
Tempête Prophétique dans le salon pourpre
Les Forces de la Nature bien à l'abri
écoutent en secret
la musique des ailes

des Albatros
dans les Cieux
et leurs Divines Vibrations

Imprimé en Allemagne
Achevé d'imprimer en avril 2023
Dépôt légal : avril 2023

Pour

Le Lys Bleu Éditions
40, rue du Louvre
75001 Paris